योद्धा अश्वत्थामा

विवेक कुमार पांडे शंभूनाथ

Copyright © Mr Vivek Kumar Pandey
All Rights Reserved.

क्रम-सूची

प्रस्तावना

इस किताब में योद्धा अश्वत्थामा और अन्य योद्धा की कहानी है। इस किताब को लिखने के दौरान कोई भी धर्म या जाति एवम् किसी भी परिवार के सदस्य को नुक्सान नहीं पहुंचाया गया है। हम किसी को भी ठेस नहीं पहुंचाना चाहते हैं।

भूमिका

- लेखक जीवनी

मेरा नाम विवेक कुमार पांडे है और मैं एक लेखक हु , में गुजरात के सुरत में निवास करता हूं.मेरा जन्म ३० सेप्टेंबर २००२ में हुआ था, और मुझे बचपन से एक्टर बनने का सोख रहा है और अभी भी है.। में कभी ये नहीं सोचता की लोग क्या कर रहे हैं में ये सोचता हूं कि में क्या कर रहा हूं, में आज सफल हूं तो अपने पापा की वजह से आज वो रहते तो उन्हें बहुत खुशी होती , वो सदा और हमेशा मेरे साथ रहेंगे.। मेरे रियल लाइफ के सुपरस्टार और सुपर हीरो मेरे प्यारे पापा है । आई लव यू पापा । पापा को मेरे हाथ कि चाय बहुत अच्छी लगती थी ।

जब उनका मन करता था चाय पीने के लिए तो वो कहते थे । मुझे चाय पीना है कौन बनाएगा मम्मी कहती में बना देती हूं लेकिन पापा कहते नहीं मेरा बेटा बनाएंगा । उसके हाथ कि चाय मुझे बहुत अच्छा लगता है । जब भी काम करके घर आने वाले होते हैं तब मुझे फोन करते है विवेक बेटा बोलो क्या खाओगे सेब ले लु । में कहता ठीक है पापा ले लिजिए । पापा कहते कितना लू एक किलो या 2 किलो । में कहता नहीं पापा सिर्फ में ही खाता हूं भईया और दीदी को फल अच्छा ही नहीं लगता है इसलिए 3 सेब ले लेना । लेकिन पापा मेरे लिए दो तीन किलो फल लेकर आ ही जाते थे । पहले ले लेते फिर मुझे फोन करते । हमेशा ऐसा ही करते थे ।

में ये नहीं कह रहा हूं कि मुझे बहुत ज्यादा प्यार और मानते थे । वो अपने तीनों संतानों को प्यार करते थे । सबसे छोटा तो में ही था घर में , मुझसे बड़ी मेरी बहन और मेरी बहन से भी बडे मेरे भईया । में आज भी वो दिन का इंतजार कर रहा हूं जब पापा मेरे लिए कुछ लेकर आएंगे । मेरे कान तरस रहे है वो आवाज़ सुनने के लिए । लेकिन कहते हैं जो चीज चली जाए वो कभी लौटकर नहीं आती है । आप सभी से निवेदन है

आप अपने मम्मी और पापा का ध्यान रखें । दुनिया में एक ही भगवान है वो है माता ओर पिता ।

में बहुत ही शरारती था बचपन में । मुझे किताब लिखने का शोख बचपन से ही था । जब में तीसरी कक्षा में पढ़ता था । तब से ही किताब लिखता था में और मेरा दोस्त हम दोनों किताब लिखके सभी को दिखाते थे और कहते थे जिन्हें मेरा किताब अच्छा लगे तो अपना हस्ताक्षर कर दे । मेरे अंदर एक बहुत ही खास विशेषता है में किसी के चक्कर में नहीं रहता हूं । कौन क्या कर रहा है करने दो मुझे कुछ फर्क नहीं पड़ता है । मुझे सिर्फ अपने आप पर ध्यान देना है ।

क्योंकि दुनिया में ऐसे भी लोग हैं जो नहीं खुद कुछ करना चाहते हैं और नहीं दुसरो को कुछ करने देना चाहते हैं । एक बात ध्यान रखें अगर आप कोई भी नया काम करते हैं तो पहले लोग ताना मारते ही है । ये मत करो वो मत करो तुम्हारे बस कि बात नहीं है , तुम नहीं कर सकते हो . मुझे यह पता नहीं चलता लोग इतना सुझाव क्यों देते हैं । हमें जो करना है हम वहीं करेंगे । कई लोग हैं जो दुसरों के कहने पर वही करते हैं लेकिन मैं आपसे कह रहा हूं आप जो करना चाहे वो करे किसी के कहने पर खाई में मत कुदे । आपकी जिंदगी आपके ही हाथों में है लोगों के हाथों में नहीं है ।

मेरा बस एक ही सपना है की में नाम कमाकर अपने पिताजी का अधुरा सपना पूरा करूं ।

1

योद्धा अश्वत्थामा

- योद्धा अश्वत्थामा

अश्वत्थामा द्रोणाचार्य का पुत्र था| कृपी उसकी माता थी| पैदा होते ही वह अश्व की भांति रोया था| इसलिए अश्व की भांति स्थाम (शब्द) करने के कारण उसका नाम अश्वत्थामा पड़ा था| वह बहुत ही क्रूर और दुष्ट बुद्धि वाला था| तभी पिता का उसके प्रति अधिक स्नेह नहीं था|धर्म और न्याय के प्रति उसके हृदय में सभी प्रेरणा नहीं होती थी और न वह किसी प्रकार का आततायीपन करने में हिचकता था|

उसका बचपन बड़ी ही कठिनाइयों के बीता था| उसके पैदा होने के समय द्रोणाचार्य बहुत निर्धन थे| उनके पास अपनी पत्नी और बालक के पालन-पोषण के लिए भी पर्याप्त धन नहीं था| दूध के लिए एक गाय तक नहीं थी| एक दिन अश्वत्थामा बहुत भूखा था| उसने अपनी मां कृपी से दूध मांगा| कृपी बालक की हठ देखकर दुखी होने लगी और वह उसको किसी तरह से बहलाने-पुचकारने लगी, लेकिन अश्वत्थामा हठ पकड़ गया|

अंत में कृपी ने चावल धोकर सफेद पानी बालक को पीने के लिए दे दिया| अश्वत्थामा यह जानता ही नहीं था की दूध और पानी में क्या अंतर होता है, उसने दूध समझकर उसको पिया और उसमें से कुछ को

बचाकर वह ऋषि पुत्रों को दिखाने के लिए गया| ऋषि पुत्रों ने चावल के पानी को पहचानकर अश्वत्थामा का उपहास करना आरंभ कर दिया| तब अश्वत्थामा को पता लगा कि माता ने उसे अन्य वस्तु देकर बहका दिया था| वह जाकर कृपी की गोद में रोने लगा| कैसी असह्य वेदना हुई होगी कृपी को उस समय जबकि उसने निर्धनता के कारण अपने पुत्र से ही छल किया था|

बाल्यावस्था के पश्चात यौवनावस्था तो अश्वत्थामा की पूर्ण वैभव के बीच कटी थी| द्रोणाचार्य को द्रुपद का आधा राज्य मिल गया था, फिर वे पांडवों और कौरवों के गुरु हो गए थे जिससे उनको अपार द्रव्य मिलता था| अश्वत्थामा ने एक बार कहा भी था कि मुझे किसी वस्तु का अभाव नहीं है, धन-धान्य, राज्य, संपत्ति सभी कुछ मेरे पास है| इसके पश्चात तो अश्वत्थामा का सम्मान बढ़ता ही चला गया, लेकिन महाभारत युद्ध के पश्चात फिर उसको दैव का अभिशाप सहना पड़ा|

अश्वत्थामा महान योद्धा था| एक बार भीष्म पितामह ने उसकी प्रशंसा करते हुए कहा था, "अश्वत्थामा महारथी हैं|धनुर्धारियों में श्रेष्ठ, विचित्र युद्ध करने वाले और दृढ़ प्रहार करने वाले हैं| युद्ध क्षेत्र में तो साक्षात यमराज जान पड़ते हैं, किंतु उनमें एक दोष है| उनको अपना जीवन अति प्रिय है| मृत्यु से डरने के कारण वे युद्ध से जी चुराते हैं| इस कारण न तो उन्हें रथी मानता हूं और न अतिरथी|"

भीष्म पितामह ने अश्वत्थामा की ठीक ही प्रशंसा की है| सचमुच वह इतना ही शूरवीर था, लेकिन मृत्यु से डरने वाला कहकर भीष्म ने उसके चरित्र पर धब्बा लगाया है जबकि वह इतना डरपोक भी नहीं था जो मृत्यु से डरता हो| कई बार उसने युद्ध-क्षेत्र में आकर शत्रु का सामना किया था| एक बार कर्ण पर ही रुष्ट होकर वह अपनी जान की परवाह न करते हुए तलवार लेकर टूट पड़ा था| एक समय की बात है, कौरवों ने विराट की नगरी पर आक्रमण करने का विचार किया|

उस समय बहुत से अपशकुन होने लगे, जिन्हें देखकर द्रोणाचार्य ने कहा, "इस समय हमें युद्ध करने के लिए नहीं जाना चाहिए, क्योंकि लगता है, हम अर्जुन को पराजित नहीं कर पाएंगे|" अर्जुन की यह प्रशंसा द्रोणाचार्य के मुंह से सुनकर कर्ण के हृदय में आग-सी लग गई|

जब उससे यह नहीं सहा गया तो उसने द्रोणाचार्य से कटु बातें कहना आरंभ किया और साथ में वह अपनी वीरता का दंभ भी भरने लगा| इस समय अश्वत्थामा ने बिगड़कर सभी कौरवों तथा कर्ण से कहा, "निर्दय दुर्योधन के सिवा कौन क्षत्रिय कपट के जुए से राज्य पाकर संतुष्ट हो सकता है? बहेलिए की तरह धोखेबाजी से धन-वैभव प्राप्त करके कौन अपनी बढ़ाई चाहेगा? क्या तुमने जिन पांडवों का सर्वस्व छीन लिया है, उनको कभी आमने-सामने युद्ध में हराया भी है? किस युद्ध में पांडवों को परास्त करके तुम द्रौपदी को सभा में घसीट लाए थे?"

"कर्ण ! तुम आज अपनी वीरता का दम भरते हो| मैं कहता हूं, अर्जुन बल और पराक्रम में तुमसे कहीं अधिक श्रेष्ठ है|"

इसके पश्चात फिर वह दुर्योधन की ओर मुड़कर कहने लगा, "तुमने जिस प्रकार जुआ खेला, जिस प्रकार द्रौपदी को सभा में घसीटकर लाए और जिस प्रकार इंद्रप्रस्थ का राज्य तुमने हड़प लिया, उसी प्रकार अब अर्जुन का सामना करो| क्षत्रिय धर्म में निपुण, चतुर जुआरी तुम्हारा मामा भी आकर अपना पराक्रम दिखाए| कोई भी तुममें से जाकर उस पराक्रमी अर्जुन से मुकाबला करे| मैं उससे युद्ध नहीं करूंगा| हां ! विराट अगर युद्धस्थल में आए तो उसका सामना मैं अवश्य करूंगा|"

अश्वत्थामा की बातें सुनकर सभी लोग चुप हो गए| ऐसा साहसी और निर्भीक था अश्वत्थामा| भीष्म के अंतिम शब्द उसके चरित्र पर ठीक नहीं उतरते| पता नहीं, किस अवसर पर भीष्म ने इस प्रकार का निर्णय किया था|

एक बार फिर अश्वत्थामा की कर्ण से कहा-सुनी हो गई थी| जब द्रोणाचार्य कौरवों की सेना के सेनापति थे तब पांडवों की सेना का वेग देखकर दुर्योधन ने कर्ण से कहा था, "वीरवर कर्ण ! तुम मेरे मित्र हो| देखो, कौरव सेना का किस बुरी तरह से पांडव संहार कर रहे हैं| यही मित्रता का परिचय देने का उचित अवसर है, कुछ करके दिखाओ|"

दुर्योधन की बातें सुनकर कर्ण अपने पराक्रम की डींग हांकने लगा| वह कहने लगा, "अर्जुन मेरे सामने आकर क्या युद्ध करेगा| उसको तो मैं क्षण भर में परास्त कर सकता हूं| उसकी क्या सामर्थ्य कि मेरे तीक्ष्ण बाणों का सामना कर पाए| मैं उसको युद्धस्थल में धराशायी

करके अपनी सच्ची मित्रता का परिचय दूंगा|"

कृपाचार्य कर्ण की ये बातें सुन रहे थे| उन्हें बहुत बुरा लग रहा था| उन्होंने इस दंभ के लिए कर्ण को फटकारा भी| उन्होंने कर्ण को बुरा-भला भी कहा| यहां तक कि उन्होंने कह डाला कि अगर अबकी बार जीभ चलाई तो इसी तलवार से काट दूंगा|

कृपाचार्य अश्वत्थामा के मामा थे और वैसे भी कौरव-पांडवों के गुरु थे और वृद्ध पुरुष थे, इसी कारण अश्वत्थामा उनका अपमान न सह सका| उसने क्रोधावेश में आकर कर्ण से कहा, "सूतपुत्र ! तू बड़ा अधम है| अपने सामने किसी को कुछ समझता ही नहीं| स्वयं अपने मुंह से अपनी बड़ाई करता है| जिस समय अर्जुन ने जयद्रथ को मारा था, उस समय तेरी वीरता कहां सो रही थी? अगर सच्चा शूरवीर था तो उस समय आकर पराक्रमी अर्जुन का सामना करता और उसको धराशायी करके जयद्रथ के प्राण बचाता|"

ये कटु वचन सुनकर कर्ण को गुस्सा आ गया| वह उठ खड़ा हुआ| इधर अश्वत्थामा भी तलवार खींचकर उस पर झपट पड़ा| उस समय झगड़ा बढ़ते देख दुर्योधन और कृपाचार्य ने आकर बीच-बचाव कर दिया| दुर्योधन ने दोनों को समझाया और कहा, "शूरवीरो ! तुम्हीं तो मेरी सारी शक्ति हो, फिर इस तरह आपस में लड़कर इस शक्ति को क्यों नष्ट करना चाहते हो?"

इस घटना को देखने से पता चलता है कि अश्वत्थामा बड़े खरे स्वभाव का था| वह चाटुकारिता में विश्वास नहीं करता था| दुर्योधन तक को अपशब्द कहने में वह नहीं डरता था, फिर कैसे कह सकते हैं कि अश्वत्थामा कायर था, लेकिन बाद में चलकर तो उसने चोरों की तरह इस प्रकार के आततायी जैसे कर्म किए कि उनसे उसकी सारी शूरता पर पानी फिर गया और वह घृणित और क्रूर समझा गया| उसने द्रौपदी के पांचों पुत्रों को उस समय मारा था, जब वे अचेत सो रहे थे, लेकिन क्यों वह इतना क्रूर और बर्बर पिशाच जैसा हो गया, इसके पीछे कारण है| उसके पिता की हत्या भी अन्यायपूर्वक की गई थी|

जब द्रोणाचार्य ने धर्मराज युधिष्ठिर से मुंह से यह सुन लिया कि अश्वत्थामा मारा गया, तो उन्होंने शस्त्र त्याग दिए और योग धारण

करके अपने रथ पर बैठ गए| तभी धृष्टद्युम्न ने आकर उनका सिर काट डाला| द्रोणाचार्य को अपने किए का फल मिला था, क्योंकि उन्होंने भी तो निहत्थे अभिमन्यु का इसी प्रकार वध करवाया था, लेकिन जब अश्वत्थामा को पिता के इस प्रकार अन्यायपूर्ण वध की बात मालूम हुई तो उसको बड़ा दुख हुआ और उसने क्रोध में जलकर पांडवों और पांचालों को नष्ट कर डालने की प्रतिज्ञा कर डाली| दुर्योधन ने उसे और भी इसके लिए उत्तेजित किया|

अश्वत्थामा को युधिष्ठिर पर भी बड़ा क्रोध आ रहा था, क्योंकि वह उस व्यक्ति से कभी भी ऐसे झूठ की आशा नहीं करता था| उसने उसी क्षण अपनी भुजा उठाकर कहा, "आज इस अन्याय के बदले पांडवों के शव पृथ्वी पर पड़े मिलेंगे| मैं नारायणास्त्र का प्रयोग करूंगा, जिसे मेरे सिवा और कोई नहीं जानता| उसी के द्वारा मैं आज शत्रु के सारे गर्व को चूर करूंगा और उनको सदा के लिए इस पृथ्वी से मिटा दूंगा|"

दूसरे दिन अश्वत्थामा ने उसी नारायणास्त्र का प्रयोग कर दिया| पांडवों की सेना में उसके कारण हाहाकार मच उठा| असंख्य वीर योद्धा क्षत होकर पृथ्वी पर गिर पड़े| उस अस्त्र को रोकने की किसी में भी सामर्थ्य नहीं थी| इधर पांडवों के बीच द्रोणाचार्य की मृत्यु पर आपसी विवाद उठ खड़ा हुआ था| इस प्रकार अन्यायपूर्वक गुरु का मारा जाना अर्जुन और सात्यकि को अच्छा नहीं लगा| वे दोनों धृष्टद्युम्न को बुरा कहने लगे| गुरु की मृत्यु का उन्हें बड़ा शोक हुआ, यहां तक कि सात्यकि तो गदा तानकर धृष्टद्युम्न को मारने के लिए आगे बढ़ आया| उस समय श्रीकृष्ण का संकेत पाकर भीमसेन ने जाकर उसे किसी तरह रोका, क्योंकि इधर तो अश्वत्थामा पाण्डव-सेना का संहार करता हुआ आ रहा था और उधर आपस का झगड़ा बढ़ता चला जा रहा था|

इस सबसे सर्वनाश की आशंका थी| गुरु की हत्या के लिए किसी ने तो स्वयं युधिष्ठिर तक को दोषी ठहराया, तब धर्मराज ने आवेश में आकर धृष्टद्युम्न से कहा, "तुम पांचालों की सेना लेकर भाग जाओ, वृष्णी, अंधक आदि वंशों के यादवों के साथ सात्यकि चले जाएं| श्रीकृष्ण अपनी रक्षा आप कर लेंगे अन्यथा सैनिक युद्ध बंद कर दें| मैं भाइयों के साथ जलती आग में भस्म हो जाऊंगा| मैंने झूठ बोलकर आचार्य का वध

करवाया है, इसी कारण तो अर्जुन मुझ पर रुष्ट है| इससे तो मैं अपनी जान देकर अर्जुन को सुखी करना चाहूंगा| भला आचार्य ने हमारे साथ क्या कम बुरा सलूक किया है? अनेक महारथियों ने अकेले अभिमन्यु को निहत्था करके आचार्य के सामने ही मार डाला था| द्रौपदी की दुर्गति भी इन्हीं के सामने हुई थी|

दुर्योधन के थक जाने पर आचार्य ने ही उसे अभेद्य कवच बांधकर हम लोगों पर आक्रमण करने भेजा था| जयद्रथ की रक्षा करने में उन्होंने क्या कुछ नहीं उठा रखा था? मेरी विजय के लिए प्रयत्न करने वाले सत्यजित आदि पांचालों और उनके भाई-बंधुओं के प्राण आचार्य ने ही ब्रह्मास्त्र चलाकर लिए थे| कौरवों ने जब हमें अधर्मपूर्वक बाहर निकाल किया था, तब भी आचार्य ने हमें सामना करने से रोका था| भला आचार्य ने हमारा कौन-सा उपकार किया?"

युधिष्ठिर के आवेश को देखकर सभी योद्धा एक साथ थम से गए| ठीक ही कहा था धर्मराज ने, क्योंकि द्रोणाचार्य यद्यपि थे तो गुरु, लेकिन कुटिलता और क्रूरता उनमें भी थी| पक्षपात भी उनके अंदर था| युधिष्ठिर के आवेश में समय बीतता रहा और अश्वत्थामा द्वारा छोड़ा हुआ नारायणास्त्र और भी अधिक प्रचण्ड होता गया, तब श्रीकृष्ण ने सभी सैनिकों को युद्ध करने से रोककर कहा, "वीरो ! यह नारायणास्त्र अति प्रचण्ड है, इसका सामना कोई नहीं कर पाएगा| अतः तुम सभी शस्त्रास्त्र रखकर अपने वाहनों से उतर पड़ो| पृथ्वी पर लेट जाने से तुम इस प्रचण्ड अस्त्र की मार से अपने आपको बचा सकोगे| यदि कोई वीरता का दंभ भरकर इस अस्त्र का सामना करने का प्रयत्न करेगा, तो यह और भी अधिक प्रबल हो जाएगा|"

श्रीकृष्ण की बात मानकर सभी योद्धा अपने-अपने वाहनों से उतरकर पृथ्वी पर लेट गए, लेकिन भीमसेन के मस्तिष्क में श्रीकृष्ण की बात नहीं बैठी| वह फिर भी अपनी वीरता बखानता हुआ बोला, "मैं बाण चलाकर, गदा मारकर इस अस्त्र को विफर कर दूंगा| भयभीत होने की कोई आवश्यकता नहीं है| आज मैं अपना पराक्रम दिखाऊंगा|"

उसने अर्जुन से भी गाण्डीव उठाने के लिए कहा, लेकिन अर्जुन ने कह दिया कि वह गौ, ब्राह्मण और नारायणास्त्र के विरुद्ध गांडीव का कभी

प्रयोग नहीं करेगा|

अर्जुन की बात सुनकर भीमसेन क्रुद्ध होकर अश्वत्थामा की ओर झपटा| उसने बाण-वर्षा से अश्वत्थामा का रथ छिपा दिया, लेकिन इससे नारायणास्त्र और भी अधिक प्रचण्ड हो गया| उस समय अर्जुन और श्रीकृष्ण ने आकर भीमसेन के हाथ से अस्त्र छीने और उसको रथ से उतार लिया| इसके पश्चात नारायणास्त्र शांत हुआ और इस तरह पांडवों का सर्वनाश होते-होते बच गया| नारायणास्त्र के शांत हो जाने पर दुर्योधन ने फिर अश्वत्थामा से उसी अस्त्र के प्रयोग के लिए कहा था, लेकिन अश्वत्थामा ने दुबारा उसे नहीं चलाया|

उसके बाद उसने पांडव-सेना से भीषण युद्ध किया और उस बीच उसने अमोघ आग्नेयास्त्र का प्रयोग किया| उसका विचार अर्जुन और कृष्ण सहित सारी पांडव सेना को नष्ट कर देने का था, लेकिन अर्जुन ने शीघ्र ही ब्रह्मास्त्र का प्रयोग करके उस अस्त्र को शांत कर दिया, किंतु फिर भी क्षण-भर में ही आग्नेयास्त्र पांडवों की एक अक्षौहिणी सेना को तो भस्म कर गया| जब अश्वत्थामा का कुछ भी वश नहीं चला तो वह निराश होकर युद्ध-भूमि से लौट पड़ा और धनुर्विद्या की निंदा करने लगा| रास्ते में उसे महर्षि व्यास मिले| उन्होंने उसे बहुत समझाया और कहा, "नादान ! अर्जुन और श्रीकृष्ण को मारने की सामर्थ्य किसमें है, जो तू व्यर्थ अपनी निष्फलता पर इतना खेद करता है|" व्यास जी के समझाने से अश्वत्थामा के हृदय का संताप मिट गया|

महाभारत युद्ध के अंत में हमें अश्वत्थामा मिलता है| कौरव-वंश के सभी प्रमुख योद्धा धराशायी हो चुके थे, केवल दुर्योधन शेष था| अंतिम सेनापति वही था| पांडव सेना बड़ी वेग से बढ़ रही थी| उसकी मार से घबराकर कौरव-सेना पीछे भागने लगी| यहां तक कि दुर्योधन के भी पैर उखड़ गए थे| वह भी जाकर द्वैपायन सरोवर में छिप गया था|

चारों ओर पांडव वीर दुर्योधन को खोजने लगे और जब उनको पता चला कि वह तो जाकर सरोवर में छिप गया है तो सरोवर के किनारे पहुंचकर उन्होंने दुर्योधन को कायर कहकर ललकारना प्रारंभ किया| दुर्योधन चुनौती सुनकर बाहर निकल आया और भीमसेन से उसका गदा-युद्ध हुआ| उस युद्ध में भीमसेन ने कृष्ण के इशारे से उसकी

जांघ पर गदा मारी, जिससे वह आहत होकर पृथ्वी पर गिर पड़ा, लेकिन यह कार्य युद्ध के नियमों के विरुद्ध था| भीमसेन के इस अन्याय को देखकर अश्वत्थामा को बड़ा क्रोध आया| दूसरी बार फिर उसने पांडवों का अन्याय देखा था| दुर्योधन असह्य पीड़ा से कराहता हुआ पृथ्वी पर पड़ा था|

उस समय कृतवर्मा और कृपाचार्य भी वहां उपस्थित थे| सभी को इस अन्याय पर क्रोध आ रहा था| अश्वत्थामा से नहीं सहा गया तो उसने हाथ उठाकर प्रतिज्ञा की कि वह पांडवों का इसी प्रकार नाश करके ही संतोष की सांस लेगा| दुर्योधन ने अश्वत्थामा की प्रतिज्ञा सुनी तो उसे ऐसा लगा कि मानो अभी कौरव पक्ष में और जान बाकी थी| तुरंत ही उसने कृपाचार्य से कहकर अश्वत्थामा का सेनापति पद पर अभिषेक करा दिया| अश्वत्थामा ने इस उत्तरदायित्व को संभाल तो लिया, लेकिन अब सेना भी तो नहीं बची थी, इसलिए अपना वचन पूरा करने के लिए उसे अपनी शक्ति का ही भरोसा था|

वहां से तो अश्वत्थामा, कृपाचार्य और कृतवर्मा तीनों व्यक्ति वन की ओर चले गए, क्योंकि उनके ठहर जाने पर पांडवों के आमने-सामने युद्ध होने की आशंका थी, जिसके लिए पर्याप्त शक्ति उनके पास नहीं थी|

अश्वत्थामा वन के एकांत में पांडवों से किसी प्रकार बदला चुकाने की बात सोचने लगा| एक तो पिता का वध और फिर उस राजा का अन्यायपूर्वक वध, जिसके लिए उसने अपने जीवन को समर्पित किया था, उसके हृदय को और भी अधिक उत्तेजित करने लगा| वह किसी प्रकार पांडवों का सर्वनाश कर डालना चाहता था, लेकिन इतनी शक्ति न होने कारण कोई ठीक योजना नहीं बन पाती थी| सोचते-सोचते रात हो गई, लेकिन फिर भी उसको नींद नहीं आई| जब रात के एक-दो पहर निकल गए तो उसने देखा कि उसी बरगद के पेड़ पर, जिसके नीचे वह लेटा हुआ था, एक उल्लू आया और सोते हुए कौओं का शिकार करने लगा|

कौओं के बीच कोलाहल मच गया| लेकिन उल्लू ने बहुत से कौओं को मार दिया| अश्वत्थामा यह सबकुछ देखता रहा, तभी उसके मस्तिष्क में एक विचार आया कि यदि वह पांडवों से आमने-सामने आकर मुकाबला

करेगा तब तो वह उनको पराजित न कर सकेगा और न उनकी कोई विशेष हानि हो सकेगी, इसलिए जिस प्रकार अकेले उल्लू ने आकर नींद में असावधान कौओं को मार-मारकर फेंक दिया है, उसी प्रकार यदि वह भी जाकर पांडवों का रात्रि के समय संहार करे तो उसकी प्रतिज्ञा पूर्ण हो सकती है| यद्यपि रात्रि में सोए हुए शत्रु पर आक्रमण करना युद्ध के नियमों के विरुद्ध था, लेकिन अश्वत्थामा तो इन नियमों का उल्लंघन पांडवों की ओर से देख चुका था| इसलिए उसने इसकी तनिक भी चिंता नहीं की और इसी प्रकार पांडवों को नष्ट करने का दृढ़ निश्चय कर लिया|

प्रात:काल उसने कृपाचार्य और कृतवर्मा को अपनी यह योजना बताई, लेकिन उन दोनों ने इसका विरोध किया| कृपाचार्य धर्म और नीति की बातें करने लगे, इस पर अश्वत्थामा को क्रोध आ गया और वह दोनों को बुरा-भला कहने लगा| अंत में दोनों को उसकी बात माननी पड़ी| तीनों अपने विचारों में पूरी तरह दृढ़ होकर पांडवों के शिविर के पास आए| अश्वत्थामा एकाएक सोती हुई पांडव सेना पर टूट पड़ा| अनेक को उसने अपनी तलवार से मौत के घाट उतार दिया और जो घबराकर बाहर भागते थे उनको कृपाचार्य और कृतवर्मा मार डालते थे| इस प्रकार तीनों ने मिलकर बाहर और भीतर असंख्य योद्धाओं को मार डाला और इसके पश्चात शिविर में आग लगा दी, जिससे चारों ओर हाहाकार मच उठा|

किसी प्रकार अश्वत्थामा ने अपने बाप के हत्यारे धृष्टद्युम्न को भी खोज लिया और उसका गला घोंटकर मार डाला| द्रौपदी के पांचों पुत्रों को भी उसने उसी समय मार डाला| अश्वत्थामा का क्रोध उस समय इतना प्रचण्ड हो उठा था कि न्याय, दया, धर्म आदि तो उसकी दृष्टि से मानो पूरी तरह ओझल हो चुके थे| वह तो बर्बरता और निर्दयता का खेल रहा था| उस समय पांचों पांडव, श्रीकृष्ण और सात्यकि शिविर में नहीं थे| कौरवों के पराजित होने पर जब पांडवों ने उनके शिविर पर अधिकार किया था, तो उन्हें अपार कोष, सोना, चांदी, रत्न, आभूषण, वस्त्र, दास-दासी आदि अनेक वस्तुएं मिलीं, जिन पर उन्होंने अपना अधिकार कर लिया| पूर्ण प्रसन्नता के साथ जब सभी शिविर में सोने के लिए जाने लगे तो कृष्ण ने युधिष्ठिर से कहा कि हम लोगों को आज कल्याण-कामना से शिविर के बाहर रहना चाहिए| इसी कारण वे बच गए| नहीं तो पता

नहीं महाभारत युद्ध का क्या अंत होता|

लेकिन फिर भी रात्रि के समय जैसा हाहाकार इस समय अश्वत्थामा के उपद्रव के कारण हुआ, वैसा पहले कभी नहीं हुआ| इसका कारण था कि सभी वीर अधिकतर तो युद्ध के नियमों का पालन करते ही थे तभी तो संध्याकाल समाप्त हो जाने पर कौरव-पांडव एक-दूसरे के शिविरों के भीतर जाते थे और पूर्ण सौहार्द के साथ बातें करते थे| फिर इस तरह चोर की तरह आक्रमण करना वीरता की गरिमा पर एक धब्बा है| क्षत्रिय कभी भी इस तरह शत्रु का संहार करके गर्व अनुभव नहीं करता, लेकिन अश्वत्थामा ने किसी प्रकार अपना बदला चुका लिया और यह भीषण हाहाकार मचाकर वह दुर्योधन के पास पहुंचा और कहने लगा, "दुर्योधन ! मैंने तुम्हारे प्रति किए अन्याय का बदला पांडवों से चुका लिया है| मैंने उनके शिविर में आग लगाकर उनका सर्वनाश कर डाला है| पांचों पांडव, श्रीकृष्ण और सात्यकि तो अवश्य बच रहे हैं, क्योंकि वे शिविर में नहीं थे, बाकी सभी को मैंने यमलोक पहुंचा दिया है|"

"वीरवर ! अब संतोष धारण करो| मनुष्य तो क्या, पशु और पक्षियों तक को मैंने शिविर में मार डाला है| पांडव अपनी विजय पर खुशियां मना रहे होंगे, लेकिन जब इस सर्वनाश की बात सुनेंगे तो वे अपनी सारी खुशी भूल जाएंगे|"

अश्वत्थामा की यह बात सुनकर दुर्योधन मानो असह्य पीड़ा की मूर्च्छा से जाग पड़ा| उसने अश्वत्थामा की प्रशंसा करते हुए कहा, "वीर अश्वत्थामा ! आज तुमने मेरी आत्मा को संतुष्ट किया है| तुमने वह काम किया है जिसे तुम्हारे पिता द्रोण, भीष्म पितामह, कर्ण आदि कोई भी महारथी नहीं कर पाए| पापी धृष्टद्युम्न को तुमने मार डाला| यह सुनकर तो मेरी छाती ठंडी पड़ गई है, क्योंकि उसी पापी ने गुरुदेव की अन्यायपूर्वक हत्या की थी, फिर उसके साथ शिखण्डी को भी मारकर तुमने बड़ा ही श्रेष्ठ कार्य किया है, क्योंकि उसी को सामने करके तो अर्जुन ने पितामह को गिराया था| सच, मुझे अब अपनी पराजय पर तनिक भी खेद नहीं है| मैं पूर्ण सुखी होकर स्वर्गलोक को जाता हूं| वीरवार ! वहीं हम सभी मिलेंगे|"

यह सुनकर दुर्योधन की श्वास रुक गई| अश्वत्थामा एक तरफ तो दुर्योधन के स्वर्गवास के कारण दुखी होने लगा, लेकिन दूसरी तरफ उसको आज एक असीम गर्व का अनुभव हो रहा था| वह सोच रहा था कि पिता की विक्षिप्त आत्मा आज शांत हो गई होगी, क्योंकि उसके बेटे ने अन्यायियों से बदला चुका लिया है|

इधर, द्रौपदी अपने पांचों पुत्रों के शवों को देखकर दुख के कारण पागल-सी हो उठी| उसकी गोद एक रात में सूनी हो गई थी| कहां तो संध्याकाल में दुर्योधन के धराशायी होने पर उसको अपनी विजय का गर्व हो रहा था और कहां तक आततायी आकर उसकी सारी प्रसन्नता को कुचलकर सदा के लिए नष्ट कर गया| वह करुण क्रंदन करती हुई युधिष्ठिर के सामने आकर गिर पड़ी| इसी समय भीमसेन ने उसे संभाल लिया| द्रौपदी ने उसी बीच उठकर कहा कि जब तक मेरे लालों का हत्यारा वह पापी और दुराचारी अश्वत्थामा नहीं मारा जाएगा, तब मैं अन्न-जल ग्रहण नहीं करूंगी| उस अन्यायी के माथे में एक महामणि है| जब तक कोई उसे लाकर मुझे नहीं दे देगा, तब तक मुझे यह विश्वास नहीं हो पाएगा कि वह दुष्ट मारा गया|

द्रौपदी की यह बात सुनकर भीमसेन अपनी गदा उठाकर अश्वत्थामा के पीछे दौड़ा| पूरे आवेश के साथ भीमसेन के चले जाने के पश्चात श्रीकृष्ण ने युधिष्ठिर से कहा, "धर्मराज ! भीमसेन की रक्षा का उपाय करना चाहिए क्योंकि अश्वत्थामा के पास ब्रह्मशिर अस्त्र है, जिससे क्षण-भर में सारा भू-मण्डल नष्ट हो सकता है| गुरु द्रोणाचार्य ने यह अस्त्र अपने प्रिय शिष्य अर्जुन को ही दिया था, लेकिन जब अश्वत्थामा को इसका पता चला तो वह दुखी होकर पिता से उसको भी उस अस्त्र को सिखाने के लिए कहने लगा| द्रोणाचार्य को अपने पुत्र पर विश्वास नहीं था, क्योंकि वे जानते थे कि यह क्रूर प्रवृत्ति वाला अश्वत्थामा कहीं भी अस्त्र का दुरुपयोग कर सकता है| इसी कारण उन्होंने पहले उसे इसका प्रयोग नहीं सिखाया था, लेकिन उसके अधिक हट करने पर उनको सिखाना पड़ा| फिर भी उन्होंने उससे वचन लिया था कि वह इसका दुरुपयोग नहीं करेगा| विशेष संकट पड़ने पर ही वह इसका प्रयोग करेगा| अश्वत्थामा ने वचन देकर वह अस्त्र सीख लिया|

अब उसी का सबसे बड़ा भय है, क्योंकि अश्वत्थामा को उचित और अनुचित का तो अधिक विचार है नहीं, हो सकता है वह आवेश में आकर ब्रह्मशिर अस्त्र का प्रयोग कर बैठे तो सर्वनाश हो जाएगा| मैं आपको उसकी कुटिलता की बात बताता हूं| एक बार वह द्वारका आकर मुझसे कहने लगा, "पिताजी ने महर्षि अगस्त्य से जो ब्रह्मशिर अस्त्र प्राप्त किया है, उसे मैंने सीख लिया है| उसको मुझसे लेकर बदले में मुझे अपना सुदर्शन चक्र दे दो|"

इस पर मैंने कहा, "मुझे तुम्हारे ब्रह्मशिर अस्त्र की आवश्यकता नहीं है| मेरे धनुष, शक्ति, गदा और चक्र में से जिसकी भी तुम्हें आवश्यकता हो ले लो|" सुदर्शन चक्र के हजार लोहे के आरे थे, इस कारण अश्वत्थामा अपनी पूरी शक्ति लगाकर भी उसको उठा नहीं पाया| इससे वह पूरी तरह उदास होकर द्वारका से चला गया| स्वभाव से वह बड़ा क्रूर और निर्दयी है और धर्म तथा न्याय की भावनाओं का उसके हृदय में तनिक भी स्थान नहीं है, इसलिए मैं कहता हूं कि भीमसेन की इस परिस्थिति में रक्षा करना आवश्यक है|"

श्रीकृष्ण की बात युधिष्ठिर और अर्जुन ने मान ली और वे दोनों ही उनके साथ रथों पर आरूढ़ होकर चले| उन्होंने जाकर भीम को लौटाना चाहा, लेकिन भीम तो पवन के वेग से बढ़ रहा था| वह बढ़ता हुआ गंगा के किनारे पहुंच गया| वहां ऋषियों के बीच व्यास जी की बगल में अश्वत्थामा बैठा था| उसको देखते ही भीमसेन ने धनुष पर बाण चढ़ा लिया|

उसी समय अर्जुन, युधिष्ठिर और कृष्ण भी वहां आ पहुंचे| अश्वत्थामा ने समझा कि ये मिलकर उसका वध करने के लिए आए हैं, इसलिए एक साथ आवेश में आकर उसने पास से ही एक सेंठा उखाड़ा और उस पर दिव्यास्त्र का प्रयोग किया| छोड़ते समय उसने अस्त्र को आज्ञा दी कि कोई भी पांडव जीवित नहीं बचना चाहिए| उस अस्त्र के छूटते ही प्रचण्ड अग्नि धधक उठी| ऐसा लगता था, मानो यह तीनों लोकों को जलाकर क्षण भर में भस्मसात कर डालेगी|

यह देखकर कृष्ण ने अर्जुन को इशारा किया, क्योंकि वही इस संकट से सबके प्राण बचा सकता था| गुरु द्रोणाचार्य ने इस अस्त्र को अर्जुन

को भी तो सिखाया था| तब अर्जुन अपना गाण्डीव धनुष लेकर मैदान में कूद पड़ा और उसने अपने और अपने भाइयों के लिए स्वस्ति कहकर देवताओं और गुरुओं को प्रणाम और अस्त्र से ही अस्त्र का तेज शांत कर देने के लिए ब्रह्मशिर अस्त्र का प्रयोग किया| दोनों ओर से प्रचण्ड ज्वालाएं धधकती देखकर कोहराम मच उठा|

जब अर्जुन ने दोनों महर्षियों को बीच में खड़े देखा तो तुरंत ही उसने अपने अस्त्र को शांत कर दिया और इसके साथ उसने क्षमा प्रार्थना की लेकिन साथ में कहा, "हे देव ! मैं तो आपके सम्मान में अपना अस्त्र शांत कर चुका हूं, लेकिन यदि अश्वत्थामा का अस्त्र शांत नहीं हुआ तो हमारा सर्वनाश निकट ही है| अब आप ही बताइए, हमें क्या उपाय करना चाहिए?" अश्वत्थामा अस्त्र को चलाना तो जानता था, लेकिन उसको लौटाने की विधि उसको मालूम नहीं थी| इसी कारण व्यास जी के कहने पर उसने कहा, "हे महामुनि ! मैं अस्त्र को नहीं लौटाऊंगा| मैं पांडवों का सर्वनाश देखना चाहता हूं| ये बड़े अन्यायी, दुराचारी और पापी हैं|"

अश्वत्थामा के आवेश भरे शब्दों को सुनकर व्यासजी ने उसे बहुत कुछ समझाया और कहा, "मुर्ख मत बन अश्वत्थामा| देख, अर्जुन ने कभी तेरे प्राण लेने की कामना नहीं की| उन्होंने अपना अस्त्र शांत कर लिया है, इसलिए अपने हृदय की सारी कलुष भावना हटाकर अपना अस्त्र शांत कर दे| पांडवों का सर्वनाश तू क्यों चाहता है? क्या तू नहीं जानता कि जिस राज में दिव्य-अस्त्र के द्वारा ब्रह्मशिर अस्त्र निष्फल किया जाता है, वहां ग्यारह वर्ष तक पानी नहीं बरसता| यही कारण है कि अर्जुन समर्थ होते हुए भी तेरे अस्त्र को नष्ट नहीं करते| सभी का कल्याण सोचता हुआ तू अपने अस्त्र को शांत कर दे और तेरे मस्तक में जो मणि है, उसे देकर युधिष्ठिर से समझौता कर ले|"

इस पर अश्वत्थामा बोला, "हे महर्षि यह मणि तो संसार में अद्वितीय है| कहीं भी इस प्रकार की मणि नहीं मिल सकती| अगर यह किसी के पास हो तो शस्त्र, रोग, भूख, प्यास आदि की पीड़ा नहीं होती|

देवता, राक्षस, नाग और चोर इत्यादि कोई भी किसी प्रकार नहीं सताता| आपकी आज्ञा का उल्लंघन मैं कभी नहीं कर सकता यह मेरी मणि है, आप चाहें तो इसे युधिष्ठिर को दे दें, लेकिन मेरा यह प्रचण्ड

अस्त्र तो उत्तरा के गर्भ पर जाकर अवश्य गिरेगा| अभी तो पांडवों का वंशधर पैदा होगा| मैं उसको नष्ट करके पांडवों के वंश और कुल को जड़ समेत नष्ट कर देना चाहता हूं|"

व्यास जी अश्वत्थामा का यह क्रूर निश्चय सुनकर चुप पड़ गए, लेकिन श्रीकृष्ण ने कहा, "अश्वत्थामा, तुम्हारा दिव्य अस्त्र अपनी सारी शक्ति दिखा दे| गर्भ का बालक मृत रूप में ही पैदा होगा, किंतु फिर भी वह जीवित होकर साठ वर्ष तक राज्य करेगा और पांडवों की वंश-परंपरा को आगे बढ़ाएगा| कौरव वंश के परिक्षीण होने पर उसका जन्म होने के कारण उसका नाम परीक्षित रखा जाएगा| कृपाचार्य उसको धनुर्वेद की शिक्षा देंगे, लेकिन अश्वत्थामा ! तुम्हें इस निर्दयता और अमानुषिकता का पूरा-पूरा दण्ड भरना पड़ेगा| तीन हजार वर्षों तक तुम्हें निर्जन देश में अकेला भटकना पड़ेगा| कोई तुमसे नहीं बोलेगा| तुम्हारी देह से पीव और रक्त की दुर्गंध निकला करेगी| तुमको कोढ़ और अनेक तरह की व्याधियां हो जाएंगी, जिसके कारण तुम्हारा जीवन निरतंर एक अभिशाप बनकर रहेगा|"

श्रीकृष्ण की बात अटल थी| अश्वत्थामा को दैव ने यही दंड दिया| मणि उससे छीन ली जाती है| द्रौपदी को अश्त्थामा पर बड़ा आक्रोश था| वह उससे अपने पुत्रों के वध का बदला चुकाना चाहती है और इसी प्रकार भीमसेन भी पूरी तरह क्रोधयुक्त होकर उसका वध करना चाहता है, लेकिन युधिष्ठिर करुणा करके उसे छोड़ देते हैं और वह अपने भाग्य पर दुखी होता हुआ वन की ओर चला जाता है| कहते हैं उसको अमरता प्राप्त थी, इसलिए आज भी कहीं-कहीं यह विश्वास प्रचलित है कि अश्वत्थामा एक दीन-भिखारी का सा रूप धारण करके नगर के भीतर आता है, लेकिन कोई उसे पहचान नहीं पाता|

इस तरह अश्त्थामा का जीवन सदा के लिए अभिशाप बन गया| उसकी क्रूरता और निर्दयता का यही परिणाम था| अंत में यही कहा जा सकता है कि जैसा अमानुषिक कृत्य अश्त्थामा ने द्रौपदी के पांचों पुत्रों को मारकर किया वैसा तो शायद महाभारत के किसी पात्र ने नहीं किया| यह बड़ा नीचतापूर्ण घृणित कार्य था, इसीलिए चाहे अश्वत्थामा कितना ही बड़ा योद्धा था और धनुर्विद्या में पारंगत था, लेकिन उसके प्रति मनुष्य

के हृदय में सम्मान की भावना जाग्रत नहीं होती| यही कहना पड़ता है कि वह एक प्रकार का नर पिशाच था, जो प्रतिशोध की आग में पूरी तरह अंधा होकर नीच से नीच कार्य कर सकता था|

रात्रि में असावधान और निहत्थे सैनिकों पर उसका हमला करना, महाभारत युद्ध की सारी गरिमा को नष्ट कर देता है| उस विशाल युद्ध के बारे में आज तक कथाएं चली आती हैं कि वे सच्चे योद्धा थे, जो दिन भर संग्राम करते थे और संध्याकाल समाप्त होते ही एक दूसरे के शिविरों में आकर आपस में गले मिलते थे| यही आज के युद्ध में और उस महाभारत के युद्ध में अंतर था| उसमें छल और कपट कम था, लेकिन अश्वत्थामा ने छल से रात्रि को चोर की भांति आक्रमण करके उस गरिमा को नष्ट कर दिया| सचमुच वह उल्लू की तरह क्रूर और निर्दयी था|

2

धर्मराज युधिष्ठिर

- धर्मराज युधिष्ठिर

युधिष्ठिर पांडु का ज्येष्ठ पुत्र था| धर्मराज द्वारा कुंती के आह्वान पर बुलाए जाने पर उनके अंश से ही यह पैदा हुआ था, इसलिए धर्म और न्याय इसके चरित्र में कूट-कूटकर भरा था| इसी के कारण इसको धर्मराज युधिष्ठिर पुकारा जाता था| वह कभी असत्य नहीं बोलता था, तभी शत्रु पक्ष के लोग भी उनकी बात पर पूरा विश्वास करते थे| स्वार्थ के कारण किसी प्रकार अनुचित कार्य करना इनको नहीं सुहाता था|

वह धीरबुद्धि था| कभी उतावला होकर कोई कार्य नहीं करता था| भीम, अर्जुन तथा अन्य भाइयों को कभी-कभी गुस्सा आता था तो वे मर्यादा की सीमाओं को भी लांघने को तैयार हो जाते थे, लेकिन युधिष्ठिर ने कभी सत्य के मार्ग को नहीं छोड़ा| अगर उसके चरित्र को अच्छी तरह देखा जाए तो वह व्यक्ति क्षत्रिय अवश्य था, लेकिन एक योद्धा क्षत्रिय न होकर दार्शनिक क्षत्रिय था| उसकी चेतना केवल क्षत्रिय की सीमाओं के अंदर ही सीमित नहीं थी, बल्कि वह प्राय: जीवन के विराट् सत्यों पर चिंतन किया करता था| छल-कपट उसे छू तक नहीं गया था| राजा होने पर भी कूटनीति से उसने कभी काम नहीं लिया|

क्षमा सदा उसके व्यवहार में रही| बड़े-से-बड़े अपराधी को भी वह क्षमा कर देता था| गुरुदेव द्रोणाचार्य के पुत्र अश्वत्थामा ने प्रतिहिंसा की आग में जलकर द्रौपदी के पांचों पुत्रों को सोती अवस्था में मार दिया था| इससे बड़ा अपराध और क्या हो सकता था| एक तो पुत्रों की हत्या, वंश नाश करने की कुचेष्टा और इस तरह अन्याय से, लेकिन युधिष्ठिर ने उस आततायी अश्वत्थामा को भी क्षमा कर दिया| उस समय अश्वत्थामा का वध करने के लिए तुले हुए पाण्डव उसके सामने कुछ नहीं बोल पाए थे| उसकी आत्मिक शक्ति इतनी अधिक थी कि एक बार तो कितने भी क्रोधी स्वभाव का व्यक्ति उसके सामने सिर झुका देता था|

स्वभाव से वह सहनशील था| दूसरों की क्षुद्रता पर रोष करना उसे नहीं आता था| कौरवों ने क्या-क्या कुचक्र नहीं रचे| उन्होंने अपने ही भाई पांडवों को वारणावत भेज दिया और वहां लाक्षागृह में ठहराया| वहां से उनको सुरंग लगाकर भागना पड़ा| और इस तरह दुर्योधन का वह षडयंत्र निष्फल चला गया, लेकिन युधिष्ठिर को इस पर भी क्रोध नहीं आया| उसने कभी भी अपने मुंह से यह बात नहीं कही कि दुर्योधन को नष्ट कर देना चाहिए| सच देखा जाए तो वह पूरी तरह निष्काम कर्म योगी था| इस भौतिक संसार के सुख और दुख उसको अधिक विचलित नहीं करते थे|

बच्चों के समान सरल उसकी प्रकृति थी| दूसरों के बनाए षडयंत्रों को वह नहीं जान पाता था| इसका कारण यही था कि उसकी दृष्टि निरंतर जीवन की सुंदरता पर रहती थी| जीवन का पक्ष वह अच्छी तरह नहीं जानता था| भाई और मित्र पर पूरी तरह विश्वास करता था| एक सफल कूटनीतिज्ञ की तरह संदेह करना उसे नहीं आता था, तभी उसने दुर्योधन का जुआ खेलने का प्रस्ताव सहर्ष स्वीकार कर लिया|

राजसूय यज्ञ के पश्चात उसके वैभव को देखकर वृद्ध धृतराष्ट्र के मन में ईर्ष्या जाग उठी थी| उधर, दुर्योधन भी अंदर-ही-अंदर इस सारे वैभव से जल रहा था| उन्होंने ही जुए के रूप में युधिष्ठिर का सबकुछ छीनने का षडयंत्र रचा था| उसी के लिए शकुनि तैयार किया गया था, जिसने प्रारंभ से अंत तक छल किया और अंत में युधिष्ठिर को हरा दिया| उस समय युधिष्ठिर धृतराष्ट्र और दुर्योधन के मन के भाव नहीं

जान पाया था| उसकी तो उनके प्रति पहले जैसी ही श्रद्धा थी| जुए में वह सबकुछ हार गया| यहां तक कि अपनी प्रिय पत्नी द्रौपदी और अपने प्यारे भाइयों को भी उसने दांव पर लगा दिया| उनको भी वह हार गया| उसकी सरलता के कारण ही उसकी यह पराजय हुई थी| उसके बाद जब द्रौपदी का भरी सभा में अपमान किया गया तो वह कुछ भी नहीं बोला| इसका कारण उसकी न्याय-प्रवृत्ति थी| द्रौपदी उसके दांव पर लगाने के कारण कौरवों की दासी हो गई थी, इसलिए दासी के साथ वे किसी प्रकार का व्यवहार कर सकते थे| यही उस समय समाज की मर्यादा थी| भला इसके विरुद्ध युधिष्ठिर कैसे जाता| इससे यह स्पष्ट होता है कि सत्य और मर्यादा के पीछे वह धर्मात्मा अपने परिजनों को कितने भी कष्ट में देख सकता था|

बारह वर्ष तक वनवास और एक वर्ष के अज्ञातवास का दुख उसकी इस भूल के कारण सभी को सहना पड़ा था| लेकिन फिर भी उनके मन में इसके प्रति खेद नहीं था, बल्कि एह प्रकार का संतोष और सुख था कि वह अपने धर्म का पालन कर रहा है और उसने वनवास और अज्ञातवास की वह अवधि पूरी की| उस बीच कभी यह विचार उसके मन में नहीं आया कि कौरवों ने यह कुचक्र रचकर ही हमें वनवास दिया है| फिर इसको स्वीकार करके क्यों कष्ट भोगा जाए? वह सत्यवादी था|

एक बार वचन देकर लौटना तो जानता ही नहीं था| वनवास के समय अन्य भाई कभी-कभी विक्षुब्ध हो उठते थे और कहते थे कि कौरवों के इस अन्याय को स्वीकार करना भी कौन-सा धर्म है? उधर, द्रौपदी भी निरंतर कौरवों के इस कुचक्र का बदला लेने के लिए युधिष्ठिर को उभारा करती, लेकिन वह धीर बुद्धि कभी भावावेश में आकर अनुचित पथ का अनुसरण नहीं करता था| वह द्रौपदी को समझाया करता था कि मनुष्य का सबसे बड़ा सुख तो उसके जीवन का सत्य है|

यदि वह उसने छोड़ दिया तो धन-धान्य तथा अन्य राजसी ऐश्वर्य उसकी आत्मा को कभी संतोष नहीं पहुंचा सकते| असंतोष और तृष्णा ही तो जीवन में दुख का हेतु हैं, इन्हीं को जीतना जीवन की सबसे बड़ी विजय है| इस दृष्टि से युधिष्ठिर विजयी था| उसका चेहरा सदा प्रशांत भाव से देदीप्यमान रहता था| उसके इसी गुण के कारण ही सभी उसकी

आज्ञा मानते थे| उसने अपने चरित्र से पूरी तरह सिद्ध कर दिया था कि महात्मा ही इस संसार में पूज्य हैं, बाकी अन्य बड़े-से-बड़े सम्राट भी अपने कार्यों के द्वारा घृणा के पात्र हो जाते हैं| महात्मा ही अमर होता है, अन्य सभी को काल निगल जाता है और शीघ्र ही उनकी स्मृति मिट जाती है|

देखा जाए तो महाभारत का प्रमुख पात्र युधिष्ठिर ही है| जो अपने युग की सीमाओं के भीतर रहकर भी जीवन के विराट् सत्यों की ओर पूरी तरह सजग रहता है| अन्य कोई पात्र इस गौरव को नहीं पहुंचता| वही था जिसने कुत्ते को भी स्वर्ग का अधिकारी बनवाया था| समाजगत भेद-भावों को वह छोटी परिधि के सत्य मानता था, तभी तो उसने उस स्वर्ग में जाने से इनकार कर दिया था, जहां उसकी-सी ही आत्मा रखने वाले कुत्ते को प्रविष्ट करने का अधिकार न हो| क्या युधिष्ठिर के अलावा और व्यक्ति उस समय के समाज में यह बात कह सकता था?

वह जीवन के स्वार्थों के प्रति प्राय: उदासीन रहा करता था| महाभारत युद्ध के समय कभी उसने अपनी विजय के लिए उत्सुकता नहीं दिखाई| यहां तक कि जब कृष्ण ने द्रोणाचार्य के वध के लिए उससे यह कहलवाना चाहा कि अश्वत्थामा मर गया तो उसने यह झूठ बोलने से साफ इनकार कर दिया और फिर कृष्ण के बहुत कहने पर भी स्पष्ट रूप से यह नहीं कहा कि, 'द्रोणाचार्य का पुत्र अश्वत्थामा मर गया, बल्कि यह पता नहीं कि अश्वत्थामा नाम का मनुष्य मरा या उस नाम का हाथी,' इस तरह कहकर उसने अपने राज्य धर्म का पालन किया, लेकिन फिर भी वह झूठ तो था ही, क्योंकि पूरी तरह जानते हुए भी कि अश्वत्थामा हाथी ही मरा है, उसने यह संशयात्मक वाक्य कहा था, इसलिए कुछ क्षणों तक उसको नरक की यात्रा करनी पड़ी| बस इसी स्थल पर हम उसकी थोड़ी-सी शिथिलता पाते हैं, नहीं तो वह अपने जीवन के आदर्शों पर एक चट्टान की तरह दृढ़ था|

क्षमा उसके का आदर्श था| बिना शत्रु मित्र का विचार करके वह सभी को क्षमा कर दिया करता था| जिस समय गंधर्वराज चित्रसेन दुर्योधन आदि को बांध लाया था, तब युधिष्ठिर ने प्रार्थना करके उनको छुड़वा दिया था| गंधर्वराज ने बार-बार कहा था कि उसने दुष्ट दुर्योधन को

पांडवों के हित के लिए ही बंदी बनाया है, लेकिन क्षमाशील और उदार प्रवृत्ति वाला युधिष्ठिर वनवास का यह कष्ट पाते हुए भी दुर्योधन के प्रति भ्रातृत्व का भाव रखता था और उसने चित्रसेन से प्रार्थना करके दुर्योधन को मुक्त करवा दिया।

इसी प्रकार जब एकचक्रा नगरी से पांडव आ रहे थे तो रास्ते में अंगारपूर्ण गंधर्वराज से अर्जुन की मुठभेड़ हो गई। युद्ध की तैयारी हो गई, लेकिन युधिष्ठिर ने ही अंगारपूर्ण को क्षमा कर दिया और अर्जुन को आज्ञा दी कि गंधर्वराज को किसी प्रकार की हानि नहीं पहुंचाए। इस प्रकार युधिष्ठिर के कहने से ही वह झगड़ा थम गया।

युधिष्ठिर को क्रोध प्राय: बहुत कम आता था। जिस समय पांडव राजा विराट के यहां रहकर अपने अज्ञातवास का समय काट रहे थे, उसी समय विराट के ऊपर दो आक्रमण हुए। पहले तो उनके गोधन को लेने के लिए सुशर्मा ने उनके ऊपर आक्रमण किया, दूसरी ओर दुष्ट कौरवों ने आकर आक्रमण कर दिया। विराट तो सुशर्मा से लड़ने चले गए। कौरवों से युद्ध करने के लिए राजकुमार उत्तर बृहन्नला नामधारी अर्जुन को अपना सारथी बनाकर ले गया, लेकिन दुर्योधन की विशाल सेना देखकर उत्तर युद्ध से भागने लगा तो अर्जुन ने उसे रोककर स्वयं धनुष लेकर कौरवों से युद्ध किया और उनको पराजित कर दिया। लेकिन नगर में लौटने पर यही घोषित किया कि राजकुमार उत्तर ने ही यह विजय प्राप्त की है। राजा विराट सभा में बैठे हुए अपने पुत्र की प्रशंसा कर रहे थे, उस समय कंक नामधारी युधिष्ठिर ने कहा, "महाराज ! दुर्योधन आदि योद्धाओं को जीतना उत्तर के लिए कभी संभव नहीं है। उत्तर व्यर्थ अपनी प्रशंसा करते हैं। बृहन्नला ही उनको पराजित कर सकता है।"

यह सुनकर विराट ने अपने हाथ के पांसों को खींचकर युधिष्ठिर के मुंह पर मारा, जिससे उसके मुंह से खून बहने लगा। लेकिन उस समय भी वह धीरबुद्धि क्रुद्ध नहीं हुआ। उसके स्थान पर यदि और कोई होता तो राजा विराट के इस व्यवहार को नहीं सह पाता, लेकिन युधिष्ठिर कुछ नहीं बोला। उसकी इस महानता के कारण ही बाद में यह पता लगने पर ही कि अन्य नामधारी सभी पांडव भी यहां ठहरे हुए हैं, राजा विराट को अपने व्यवहार पर बड़ा दुख हुआ और उसने युधिष्ठिर से अपने

धृष्टतापूर्ण व्यवहार के लिए क्षमा मांगी| वह बड़ा ही विनयशील था| बड़ों का सदा उचित सम्मान करता था| महाभारत युद्ध छिड़ने के पहले वह रथ से उतरकर पैदल ही भीष्म आदि गुरुजनों की वंदना करने गया था| उस समय भीष्म पितामह, गुरु द्रोणाचार्य, कृपाचार्य और मद्रराज शल्य ने सच्चे हृदय से उसको आशीर्वाद दिया था| उसके इस शील-स्वभाव के कारण शत्रु-पक्ष के महारथी सदा उसकी प्रशंसा करते रहे|

यधिष्ठिर धर्म और समाज नीति को अच्छी तरह जानता था और सदा इस विषय पर चिंतन किया करता था| वनवास के समय एक बार भीमसेन एक विशाल अजगर के चंगुल में फंस गया| जब काफी देर तक वह नहीं लौटा तो युधिष्ठिर उसको खोजने निकला| वहां अजगर के चंगुल में अपने भाई को पाकर उसने अजगर से भीम को छोड़ देने की प्रार्थना की| अजगर ने कहा कि यदि तुम मेरे प्रश्नों का ठीक-ठीक उत्तर दोगे तो मैं तुम्हारे भाई को छोड़ दूंगा| युधिष्ठिर ने यह शर्त स्वीकार कर ली| इसके पश्चात अजगर ने धर्म और समाजनीति पर प्रश्न पूछना शुरू किया| युधिष्ठिर ने प्रत्येक प्रश्न का समुचित उत्तर दिया| इससे प्रसन्न होकर अजगर से भीमसेन को छोड़ दिया|

वनवास के समय एक बार मार्कण्डेय मुनि से भी युधिष्ठिर की भेंट हुई थी और उन्होंने अनेक बहुमूल्य उपदेश उसको दिए थे| महाभारत युद्ध में अपने पक्ष की विजय हो जाने के पश्चात भी युधिष्ठिर को कोई हर्ष नहीं हुआ था| स्वजनों के इस महाविनाश के कारण उसका हृदय अत्यंत दुखी हुआ था और तभी उसने समाज की मर्यादा के विरुद्ध यह सलूक किया था कि क्षत्रिय का ऐसा क्रूर कर्म क्यों है? क्या धर्म की यह मर्यादा शाश्वत है? और तभी उसकी आत्मा बोल उठी - धर्म की गति विचित्र है|

सभी ने पांडवों की विजय पर खुशी मनाई थी, लेकिन वह बार-बार पूछता रहा था कि आखिर इस विजय का तात्पर्य क्या है? यह विजय किसकी है? क्या यह मानव के सत्य की विजय है? तो फिर इसमें हृदय को इतनी पीड़ा और दुख क्यों है? इस प्रकार के विचार निरंतर उसके मस्तिष्क में उठते रहे और दिन-प्रतिदिन अपने स्वजनों की याद करके वह अधीर रहने लगा| कुरुक्षेत्र में बहा हुआ भाइयों और पूज्यवरों का

रक्त उसकी दृष्टि के सामने आने लगा| जो व्याकुलता अर्जुन को युद्ध के आरंभ में हुई थी, वह उसको अंत तक रही और अंत में तो काफी बढ़ गई थी| तभी श्रीकृष्ण उसे भीष्म पितामह के पास ले गए थे| वे कृष्ण, जिन्होंने गीता का उपदेश देकर अर्जुन को शांत किया था, युधिष्ठिर को नहीं समझा पाए| अपने धर्म युग का उपदेश वे उसको नहीं दे पाए|

उन्होंने जाकर शर-शय्या पर पड़े भीष्म पितामह से कहा, "जाति की हत्या करने के पाप से दुखी युधिष्ठिर बहुत ही व्याकुल हो रहे हैं| धर्मयुक्त उपदेश देकर उनके शोक को दूर करिए| इसीलिए मैं इनको आपके पास लाया हूं|"

पितामह ने राजधर्म, आप धर्म और मोक्ष के उपदेश युधिष्ठिर को दिए और अनेक तरह से उसको समझाया, लेकिन फिर भी उसके हृदय का संताप पूरी तरह नहीं मिटा| तभी तो जिस समय अंत में स्वर्गीय स्वजनों को पानी देने के लिए खड़े युधिष्ठिर के सामने कुंती ने यह भेद खोला था कि कर्ण उसी का अग्रज है तो उसने क्रुद्ध होकर अपनी माता को ही शाप दे दिया था कि स्त्री के पेट में आज से कभी कोई बात अधिक देर तक नहीं टिकेगी| यदि उसको पहले ही यह पता होता तो वह कर्ण को अग्रज मानकर उसकी आज्ञा में चलता और इस महाविनाश के पाप का बोध उसके सिर पर नहीं चढ़ता| अंत तक उसके हृदय को यही बात कष्ट देती रही कि सबसे बड़ा भाई होने नाते वही उस महाभारत के भीषण संग्राम के लिए उत्तरदायी है|

युद्ध समाप्त होते ही द्रौपदी के पांचों पुत्र मारे गए| उधर, अभिमन्यु पहले ही मारा जा चुका था| फिर कृष्ण के कुल में भी फूट पड़ गई थी और वहां भी सर्वनाश हो गया था| स्वयं श्रीकृष्ण को उपेक्षित की भांति अपने प्राण त्यागने पड़े थे| उस समय उनका दाह-संस्कार करने तक के लिए उनका कोई स्वजन उपस्थित नहीं था| इन सभी कारणों से युधिष्ठिर जीवन के प्रति उदासीन हो उठा| यद्यपि महाभारत के बाद कुछ वर्ष तक वह राज्य करता रहा, लेकिन कभी भी उसका चित्त प्रसन्न नहीं रहा| अनेक प्रकार के भयानक प्रश्न उसके मस्तिष्क में उठते थे और उसकी चेतना को झकझोरकर रख देते थे|

अंत में वह जीवन से इतना ऊब गया था कि इसमें किसी प्रकार का सौंदर्य और सुख उसे दिखता ही नहीं था| जीवित रहने का लगाव उसके हृदय से मिट गया था, तभी अपने पोते परीक्षित को राज्य देकर वह अपनी पत्नी द्रौपदी और चारों भाइयों के साथ हिमालय की ओर चल दिया और वहीं उसके भाई और द्रौपदी बर्फ में गलकर मर गए थे और वह सदेह स्वर्ग गया| इंद्र और स्वयं धर्मराज उसको लेने आए थे| यह उसके पुण्य का प्रभाव ही था| पहले-पहले उसे नरक में होकर गुजरना पड़ा था| वहां सहसा उसे अपने भाइयों तथा द्रौपदी की चीत्कार सुनाई दी| इससे वह व्यथित हो उठा और इंद्र से वह पूछने लगा, "क्या कारण है कि मेरे भाइयों को और द्रौपदी को नरक की दारुण यातना भोगनी पड़ रही है?"

इंद्र ने कहा, "हे धर्मराज ! मनुष्य को अपने कर्मों का फल भोगना पड़ता है| तुम्हारे भाइयों और द्रौपदी के थोड़े पापकर्म हैं, उन्हीं के कारण इनको ये यातनाएं सहनी पड़ रही हैं, लेकिन शीघ्र ही इनकी मुक्ति होगी और फिर सदा ये पुण्यों के फलस्वरूप स्वर्ग का आनंद भोगेंगे|"

इसके पश्चात युधिष्ठिर स्वर्ग में पहुंचा तो वहां उसको दुर्योधन, कर्ण आदि सभी मिले| उन्हें देखकर उसको भी विस्मय होने लगा और फिर धर्मराज के न्याय पर क्रोध भी आने लगा, लेकिन इंद्र ने कहा, "युधिष्ठिर ! इन्होंने युद्ध करके वीरगति प्राप्त की है| इसी का पुण्य फल ये स्वर्ग में भोग रहे हैं, लेकिन इसके समाप्त हो जाने के पश्चात अपने अनेक पापों का परिणाम ये नरक में भोगेंगे| शीघ्र ही इनका पतन होगा|"

कुछ ही देर के पश्चात युधिष्ठिर ने देखा कि कौरवों का पतन होने लगा| वे चीत्कार करते हुए स्वर्ग से नरक की आग में गिरने लगे और नरक में से अर्जुन, भीम, नकुल, सहदेव, द्रौपदी के साथ स्वर्ग में आ गए| उनसे मिलकर युधिष्ठिर को अत्यधिक प्रसन्नता हुई| इसके पश्चात वे सभी अपने पुण्यों का फल भोगने लगे|

युधिष्ठिर के चरित्र को पूरी तरह देखने से यह मालूम होता है कि वह सद्गुणों की खान था| वह एक विचारक था, जो निरपेक्ष दृष्टि से मानवतागत मूल्यों पर विचार किया करता था और फिर अपने हृदय की बात को कहने का साहस रखता था| कभी स्वार्थ के लिए सत्य पर परदा डालने की उसने चेष्टा नहीं की| अपना दयालु स्वभाव होते हुए

भी वह रणभीरू कभी नहीं था| जब कभी युद्धस्थल में उतरता था तो पूर्ण साहस के साथ युद्ध करता| मद्रराज शल्य उसी के हाथ से मारा गया था| कर्ण से भी उसने युद्ध किया था, लेकिन घायल होने के कारण आगे उससे युद्ध नहीं कर पाया था| अर्जुन ने कर्ण से टक्कर ली थी और जब अर्जुन पूरे दिन लड़कर भी कर्ण को परास्त नहीं कर पाया था तो युधिष्ठिर ने उसको बुरी तरह फटकारा था| उसने उसके गाण्डीव धनुष तक को ललकारा था| इस पर अर्जुन ने क्रुद्ध होकर अपने अग्रज का वध करने की ठान ली थी, लेकिन कृष्ण ने बीच-बचाव कर दिया| फिर अर्जुन ने युधिष्ठिर से अपनी धृष्टता के लिए क्षमा मांगी थी|

युधिष्ठिर के जीवन में यही एक घटना है, जहां उसने अपना धैर्य तोड़ दिया था, नहीं तो सदा धैर्य रखा| आशा ही उसके जीवन को सुखमय बनाती रहती थी| वह आशावादी था| बड़ी से बड़ी आपत्ति आने पर भी वह घबराता नहीं था और उनके बीच भी भविष्य में सुखी जीवन की आशा करता था|

मार-काट और युद्ध से वह सदा घृणा करता था, तभी उसने क्षत्रिय के इस क्रूर कर्म की कुछ आलोचना की थी| महाभारत के युद्ध को टालने की उसने हर बार कोशिश की, लेकिन दुर्योधन की दुष्टता के आगे उसकी कोशिश बेकार हो गई| उसने वनवास तक स्वीकार कर लिया और फिर कौरवों से अपना हिस्सा प्राप्त करने तक की आशा की, लेकिन वह भी उसे नहीं मिला| तब अंत में विवश होकर उसे युद्ध करना पड़ा| स्वाभिमानी वह पूरा था, वह कभी दबना नहीं जानता था| दबता तो वह सत्य से था| व्यक्ति की सत्ता का उसके सामने अधिक मूल्य नहीं था| द्रौपदी के अपमानित होने के समय वह सिर्फ मर्यादा और अपने दिए हुए वचन के कारण ही चुप बैठा रहा था, किसी प्रकार के भय के कारण नहीं| माता का भी वह अनन्य सेवक था|

पुत्रहीन गांधारी की उसने ऐसी सेवा की थी कि स्वयं दुर्योधन भी अपने जीवन-काल में ऐसी सेवा नहीं कर पाया| धृतराष्ट्र भी उसकी सेवा से प्रसन्न हो गए थे| उसने अपने जीवन के आदर्शों पर चलकर ही तो गांधारी और धृतराष्ट्र का असीम प्रेम प्राप्त किया था| शत्रु वर्ग से भी ऐसा प्रेम प्राप्त कर लेना महापुरुषों के लिए ही संभव है| इस दृष्टि से देखा

जाए तो वह रोग और द्वेष से परे था| गीता के अनुसार देखा जाए तो वह निष्फल कर्मयोगी था| उसकी समान दृष्टि थी| भेदभाव करना वह नहीं जानता था| राजनीति के मामलों गें इतना नादान था कि कभी-कभी तो बिना सोचे-समझे ही बात मुंह से निकाल जाता था| इसी प्रकार जब कौरव पक्ष का अंतिम योद्धा दुर्योधन बच रहा और वह जाकर द्वैपायन सरोवर में जा छिपा तो सभी पाण्डव उसे खोजते हुए वहीं जा पहुंचे| उस समय सभी ने दुर्योधन को ललकारा, जिससे आवेश में आकर वह बाहर निकल आया| उस समय दुर्योधन ने उससे कहा, "युधिष्ठिर ! अब सबकुछ विनष्ट हो चुका है| मेरी ओर से सभी पराक्रमी योद्धा मारे जा चुके हैं, अब मुझे इस राज्य की आकांक्षा नहीं है| इसे तुम्हीं ले लो|"

इस पर युधिष्ठिर बोला, "दुर्योधन ! यदि तुम इसी डर से इस सरोवर में छिप गए हो कि अकेले पर हम सभी आक्रमण करेंगे, तो सुनो, हम पांचों भाइयों में से जिस एक से तुम युद्ध करना चाहो, उसी से युद्ध कर लो| जो जीत जाएगा, वही राज्य का अधिकारी होगा|"

उसकी यह बात सुनकर सभी एक साथ सकते में रह गए| कृष्ण तो सोचने लगे कि युधिष्ठिर ने सारा बना-बनाया खेल ही बिगाड़ दिया, क्योंकि उस समय यदि दुर्योधन नकुल, सहदेव या उस युधिष्ठिर से ही गदा युद्ध करने की इच्छा प्रकट करता तो उनमें से कोई भी उसे पराजित नहीं कर सकता था| यहां तक कि यदि भीमसेन भी कृष्ण का इशारा न समझकर वैसे ही लड़ता रहता तो दुर्योधन उसे धराशायी कर देता| कृष्ण ही वह सफल राजनीतिज्ञ थे जिन्होंने सदा पांडवों की भूलों को सुधारा और उनको ठीक सलाह देकर परिस्थित को अपने वश में किया| महाभारत में पांडवों की विजय का सारा श्रेय श्रीकृष्ण को ही है| यदि वे नहीं होते तो पांडव कभी भी विजयी नहीं होते|

युधिष्ठिर तो पल-पल में संशय में पड़ जाता था| एक तरफ तो महाभारत का युद्ध हो रहा था और दूसरी ओर उसकी आत्मा में एक प्रकार का भीषण संघर्ष चल रहा था| इसी निरंतर चलते संघर्ष के कारण वह कभी एक क्षत्रिय की तरह क्रूर नहीं हुआ| उसने कभी अपने आपको अन्य क्षत्रिय धर्म की सीमाओं में नहीं मिटाया, बल्कि वह तो सत्य को खोजने वाला दार्शनिक था| दुर्योधन के प्रति एक बार भीम इतना क्रूर हो

गया था कि उसकी जांघ तोड़ने के बाद वह उसके सिर को लात मारने के लिए भी उद्यत हो गया, लेकिन युधिष्ठिर ने भीम को रोक लिया| उसके हृदय में दुर्योधन के प्रति किसी प्रकार की घृणा नहीं थी|

घृणा उसे मनुष्य से नहीं थी, बल्कि मनुष्य के विकारों से थी| क्षत्रिय होकर भी जीवन की समस्याओं के ऊपर निरंतर चिंतन करने वाला इतिहास में यह पहला ही दार्शनिक मिलता है जिसकी चेतना ने मर्यादा की संकीर्णता को स्वीकार नहीं किया था| अंत में महाभारत के इस महान द्रष्टा का जीवन संसार को यह पाठ देकर समाप्त हो गया कि धर्म की गति विचित्र है| मनुष्य जिन मर्यादाओं को सत्य और शाश्वत मानता है, वे शाश्वत नहीं हैं| चेतना का प्रवाह पहले रहता है और उन मूल्यों में निरंतर परिवर्तन आता रहता है|

महाभारत का अंत एक तीव्र विषमता और दुख में हुआ, उसी प्रकार इसका जीवन भी दुख को इस संसार में सत्य घोषित करके समाप्त हुआ| वह प्रमाणित कर गया कि मनुष्य के सुख और वैभव से भी ऊंचा मनुष्य के जीवन का सत्य है और उसी के साक्षात्कार से जीवन में सच्चा संतोष मिलता है, उसी से परलोक में स्वर्ग का सुख मिलता है|

अंत में यही कहना उचित होगा कि युधिष्ठिर महाभारत का सबसे महान और उदात्त पात्र है, जिसके चरित्र के द्वारा ही महाभारत का दार्शनिक पक्ष स्पष्ट होता है|